KB149286

옥수역에는 목단꽃이 산다

작가마을 시인선 65

옥수역에는 목단꽃이 산다

© 2023 김섶

초판인쇄 | 2023년 12월 05일
초판발행 | 2023년 12월 10일

지 은 이 | 김 섶
펴 낸 이 | 배재경
펴 낸 곳 | 도서출판 작가마을
등   록 | 제 2002-000012호
주   소 | 부산광역시 중구 대청로141번길 3, 501호(중앙동, 다온빌딩)
          서울시 도봉구 도당로 82(방학1동, 방학사진관 3층)
          T. 051)248-4145, 2598 F. 051)248-0723 E. seepoet@hanmail.net

ISBN 979-11-5606-246-2   03810   정가 10,000원

※ 이 책의 무단전재 및 복제행위는 저작권법에 의거, 처벌의 대상이 됩니다.

※ 본 도서는 2023년 부산광역시, 부산문화재단 '부산문화예술지원사업'으로 지원을
   받았습니다.

작가마을 시인선 65

옥수역에는 목단꽃이 산다

김 섶 시집

도서출판
작가마을

창틀에 앉은 까마귀와
눈이 마주쳤다.

후다닥 날아가던
새까만 뒷모습

녹두알 만해
실 때까지 좇아갔다.

아, 목동아를
즐겨 부르시던

큰오빠에게
이 시집을 바칩니다.

2023년 겨울
김 섶

차례 __ 김 섶 시집

작가마을 시인선 ⑥⑤

005 · 시인의 말

1부

금보 여인숙

013 · 가을
014 · 목마木馬는 어디로 갔을까
015 · 우박
016 · 풍개
017 · 하늘
018 · 까마귀
019 · 옥이
020 · 저녁노을
021 · 새해
022 · 일광역
023 · 우수憂愁
024 · 급체
025 · 금보 여인숙
026 · 김외순氏
028 · 성포에 가면 카투사가 있을까
029 · 한 장의 주검

2부

뜨거운 우울

033 · 축제

034 · 영도

036 · 옛날 동래역

037 · 오륙도 가는 길

038 · 부산역에서 – 북항대교

039 · 비

040 · 느리게 다가오는 중앙동

041 · 송정 – 적조

042 · 겨울 대변항 – 아귀

043 · 문탠로드 벼룩시장

044 · 해운대 온천

046 · 청사포에서

048 · 다락방

050 · 전단지 돌리는 여인

052 · 비오는 버스

작
가
마
을
시
인
선
㉞

3부

파
랑
게
데
쳐
진
토
요
일
오
후

057 · 풍개나무
058 · 겨울바다 – 거제도
061 · 두꺼비 우는 저녁
062 · 끈
063 · 모딜리아니는 봄
064 · 센텀 신세계 백화점 5번 출입구 풍경
066 · 샘플 화장품 바르는 여자
067 · 달개비
068 · 머구 이파리
069 · 민들레
070 · 수학여행
072 · 3호선의 가을

4부

붉은
하
모
니
카

075 • 영도다리 해녀촌

076 • 귀어도

078 • 대나무 깃발 서 있던 집

079 • 마늘을 까는 여자

080 • 시간을 넘어서

082 • 샤갈을 다시 만난 여름

084 • 지금 섶반몰에는 – 산부인과 병동

086 • 극한직업 1 – 한글교실

088 • 극한직업 2 – 한글교실, 분례씨 이야기

091 • 사과꽃 숨는 갈곳리 마을에는

작
가
마
을
시
인
선
⑥⑤

5부

장마 다시
시작된 여름

095 • 손
096 • 붉은 문어는 어디로 갔을까
098 • 불개미
100 • 달개비 꽃 바다로 간 형부
102 • 옥수역에는 목단꽃이 산다
104 • 한파
106 • 마라톤
108 • 파란 수국

109 • **해설** | 사라지는 것들을 위하여 / 황정산

제 1 부 ─ 금보 여인숙

가을

해마다

해마다

만원 버스 차창처럼

아버지의

목쉰 소리가

지나가고 있다

목마木馬는 어디로 갔을까

가족이 벌겋게 끓던 골목

해질녘 마다
숨차게 끄는

여섯 마리 나무 목마를 태웠다

오늘은

목마를 태울 골목이 없다

밤새

태운

금빛 참숯

한 소쿠리가 있어도
식은

식은 숯덩이 같은 집

우박

망개 가시 울타리
맹지 작은 밭에 가고 싶다

보라색 흰색 도라지 꽃냄새 수놓인 셔츠
마늘쫑 같은

종이 커피 내밀던
이끼 낀 기와지붕

골마다 하루 종일 비가 흘렀다

풍개

뒷마당 한 그루
해마다 설익은 풍개* 따서 내밀던 빡빡 얽은 손

소 쫓겨 떨어진
냇다리* 밑 잠 한숨 못 잔 오동나무처럼

끝없이 마시고 싶은 작은 둠벙

종일 들어도 또 들리는
구구 새 슬픈 울음

갈치 등만한 흙 골목 금 그어놓고
해거름까지 돌차기 하던 우리

곰보자국 같은 낡은 새가 걸어온다

* '자두'의 거제도 지역어
* '냇가다리' 지역어

하늘

아침에 눈을 뜨면

친정에 가고 싶다

피붙이 한 명

기다리지 않는

좁은

청마루에 앉고 싶다

까마귀

다니엘라여
창밖 까마귀 큰소리로 울부짖고

보면대 낡은 오선지는
비스듬히 기대어 있는 오후

아직 퇴고도 끝나지 않은
철지난 원고들은
볏짚단처럼 골목골목 쌓아놓고

깍깍깍깍 까마귀는 쉼 없이 운다

가스불을 피웠다가
감자를 깎았다가
계절무씨 기름을 한 숟가락 마셨다

다니엘라여
마음 둘 데 없어 분필을 잡는다

옥이

컴컴해지면
개 짖는 소리가 들렸다

학교도 다니기 전
옷 보따리 안고 돌담 넘어
숨어 살던 어머니를 만난 사량도

또 담 넘을까

해가 수십 번 지나도
그곳에 산다

풍금 소리 같은 새벽녘 빗소리
사량도 어판장에는
오늘도 경매하는 비가 서럽게 운다

저녁노을

삼베 치마저고리
피붙이 하나 없이
혼자 앉혀두고

작별도 없이 갔네

저수지 언덕에서
붉은 해거름에 만나

집에 같이 가자던
말 한마디 없이

See you again
See you again

새해

청곡리 방파제

혼자 사는 바지락

그는

쪽머리

푸르스름한 은비녀 꽂은

울지도 매달리지도 않는

굽어가는 허리

일광역

푸른 습자지 같은

호박잎 따서
차곡차곡 짚어진 새

그는
오일장 풍물처럼 떠돌고

반 광대 된
수양 버드나무 한
그루로 남아

머위 이파리 데친
냄새 같은

우수憂愁

잦은 염색약 혼미한 냄새
대문 없는 문턱 넘는다

누런 신문지 둘둘 말아
소나무 시렁 위 두고 온

맨손으로 칡 캐내어
꾹꾹 씹던
가난도 한 걸음 물러지고

비 내린다

몸으로 얼음 깬
텅 빈 노란 양푼이

급체

국화들 울고
나 울고

쪽파 밭아
너는 매운 척 소리 내어 울지 마라

편의점 소화제 두 병
알약 한 통

국화 다발 두 묶음 쫓아오며
안겨 준
가을 길

금보 여인숙

흙도 채 마르지 않은 황토 촌집 마당

하얀 명주실처럼 가늘어진 손가락

미역국 냄새 같은

마른 산나물 같은

흰 분필 가루 같은

얇아진 통영 서대 물고기 같은

김외순氏

그는
고기잡이배 그물처럼 얽힌
붉은 고구마 밭

그는
흙 묻은 돌 귀퉁이
하얀 고무신 한 짝

그는
까치집 같은 머리에 얹힌
낡은 짚 따바리

그는
선산 묏등 냉이 뿌리

끝없는 맨발의 담배연기

그는
아주까리 가지 들고
트로트 부르며

사근마을 간이 포구
처연하게 지켜 낸

그는
길고 긴 황금
갈치 한 마리

성포에 가면 카투사가 있을까

허름한 술도가 있던 골목 안 13번지로 간다
칠천도 미더덕 냄새 섞인 바람 종일 부는 날
붉은 쪽파 향기 붉은 광목 가을
까마귀 집성촌 묻혀 되돌아가는 길 잃고
살아내는 동안
단층 흑백 커피 축음기 중고 나팔 스피커
수업 끝낸 운동장 숨찬 종소리처럼
내 이름이 애타게 불리는 줄도 몰랐다
샹젤리제*는
칠흑같이 어두운 골목을 걸어간다
오래전 포구나무 아래 묻어둔
닥종이 서예체로 써내려간 한문 이름 석자
찬란한 기억 속 비엔나커피 두 잔
성포 골목 안 13번지
클라리넷 연주하는 카투사가 있을까

* 파리에서 가장 아름답고 낭만적인 곳이라고 불린다.

한 장의 주검

아름다운 꽃상여가
북간도로 간다

옥수역에는 목단꽃이 산다 · **김섶**

제 2 부 ― 뜨거운 우울

축제

어둠 깔리는 구남로 크리스마스
모퉁이 연탄불 곰장어 들썩인다
자전거 곱슬머리 노랗다
어깨 여친 가방 멘 하얀 남자
경은아 크게 부르며 사진 찰칵
파도가 축제를 삼킨다
귀퉁이 떨어진 시멘트 층계
흙마당 돌차기 금 그어진 체크 머플러
미포 출발 유람선 갓 쓴 남자 두 명
노란 핸드폰 손에 든 또각또각 에나멜 구두 소리
캐러멜마키아토가 두 손 꼭 잡은 백발부부
어깨동무 꿈꾸는 교복 넷 찬란하던 버스킹은 접은 지
오래
불꽃파마 여인 셋 목 잠긴 폭죽소리
물새 고래 동네 골목 달고나 쪽자 뽑기
흑백 사진 전광판
빨 파 노 금 은빛 트리 차례차례 켜지는 횃불
인어 아가씨 하얀 동상 발목 잡은 남자
친구 어머니 이틀 묵은 조선 호텔 보인다
어머니는 아프리카 가시고 친구는 영국 가고
크리스마스 흰 눈처럼 날아 다닌다

영도

아부지와 길순이가 찐빵을 팔던
전차 종점

어둑해지면
은성 선술집 골목 외상 탁주 냄새

고등어 비린내
덕지덕지 엎혀있던 지붕
쪽머리 짙은 화장 방울소리

검은 연필심 침 묻혀
보랏빛 먼동 틀 때까지
화학책 읽던 흐린 백열등

웅크린 비둘기 같은 등
몇 년째 소식 없는 화투장

명함 한 박스 남기고
퇴직한
쪽배 선장 닮은 섬

한문 수놓인 사기그릇
한 사발씩
새벽을 마신다

옛날 동래역

그물 털다 길가 내몰린
생멸치들

긴 물미역 한 꾸러미

＊부산시 동래구 낙민동. 1960년대 동래역 근처에는 왕표연탄 협동연탄 공
  장이 있었다. 새벽시장에는 늘 싱싱한 해산물이 가득했다. 지금은 동해
  남부선이 다닌다. 새벽시장은 2012년에 폐쇄되었다.

오륙도 가는 길

뜬금없이

바윗덩어리 짊어진 뱃삯
미포 삼등칸

간이 나무다리 건너 타던
한여름이 달려온다

빈 양철 도시락 가득
우유덩어리 받아 집 가기 전 조금 먹던
바닷속 자갈길

검은 페인트 목재 학교 낡은 사택

성당을 닮은 사면이 스테인드글라스

멀리서 만장처럼 펄럭이는
광목 두른 여섯 바위섬

그가 나를 동백기름 축음기
돌아가듯 부른다

부산역에서

 – 북항대교

에스컬레이터 타는 맨드라미
빨간 메기 비늘처럼 피어있다

역방향 기찻길

창밖 가득 향기 붉은 능금밭이다

선잠 깬 왼손 블라인드 창살
윗도리 척 걸친 상선 두 척

춘란 잎처럼 가느다란 북항대교가 보인다

비

종일 비오는 대낮에는
보수동 헌책방 골목
좀 쓴 책들이
뒤척인다

새까만
촌 다방에는
빗물 받아 머리 감은
창백한
카푸치노가 끓는다

밤새 비 온 날
달개비꽃 아침에는
놋대야 황토물 가득
가래톳이 선다

느리게 다가오는 중앙동

머리채 잡힌
억새 숲 같은 오거리

낫으로 껍질 벗긴 창백한 소나무같이
리어카 기대고 잠든 기침 소리

어릴 적 도망 다니던 가난은
사십 계단 꼭대기까지
흐른 음색 따라 좇아오고
기침 소리는
약속도 없이
문기서점 자물쇠를 채운다

검은 푸른 붉은 신간 서책들
풀 먹인 하얀 와이셔츠

숙희와 타이프라이트 사무실
신문 배달꾼 끈 풀린 운동화

송정
　– 적조

그는
모두 잊으려
붉은 자몽을 마신다

겨울 대변항
　－ 아귀

떠난다는
인사도 못하고

그물 타고
손 흔들던
그

탁배기 냄새 취해
항구에 누워있다

다시는 돌아갈 수 없는
입 큰 아귀처럼

상여 타고 떠나기 전

대변항의 시간은
무심히 걸어간다

문탠로드 벼룩시장

소나무 숲 사이 바다가 출렁인다

펄펄 끓는 뜨거운 우울
떠도는 저녁나절

하나둘 불 밝히는 가등
모여드는 사람들

휴대용 연탄불
유리 찻잔 두 개 올려놓고

함양 선산에서
반盤*이 기다린다

* 달맞이길 갤러리

해운대 온천

비릿한 구남로 골목시장 전당포
배불뚝이 대구 발갛게 언 눈동자가 풀린다

옻칠 벗겨진 육각 밥상
아버지 굽어진 손가락 펴진다

해변열차 땀 찌든 발목 담그고
비 오듯 눈물 흘리는 철길

검은 약쑥 냄새 소금 방 진동한다

어귀 삼거리
오십년 잔치 국수 뽑은

죽방멸치 삶아 말리는
둥근 대소쿠리
허리 꼿꼿하다

뜨거운 저녁부터 암탉 우는 새벽
온천물 대나무골 죽순 솟듯 끓는

〉

43℃ 팻말 출렁이는 그곳에는

청사포에서

불가마 숯검정 같은 사람들이
철썩철썩 쪽문을 연다

노끈 놓아버린 천막촌
흙 마루
철길 끊어진 청사포에는

무명 앞치마 두른 노을 비친 녹슨 화덕
굽어가는 새우등
가리비 같은 수국이

무대 잃은 저음가수

목이 쉰 노래

I went to your wedding*을 부르며
바람에 흔들리고 있다

나는 오늘 한 대의 휴대폰을
끝집에 두고 왔다

* 페티 페이지 팝송

다락방

하얗게 센 머리
맨드라미 질긴 줄기 같은

푹 꺼진 부엌 바닥
낮은 천정이 걸어왔다

돌도구통* 손바닥 빨갛게 찧어
옹기 담아 올려두던 샛노란 찐쌀

아궁이 슬쩍 끄실러 입 짧은 나
반쯤 탄 부지깽이 부엌 바닥 치며
쭈그리고 마주 앉아
참기름 한 방울 조선간장 꾹꾹 찍어
밥 싸 먹이시던 파래 김 한 톳

오색신발 한 짝 벗고
오시리아 역전에서 잠시 길을 잃었을 뿐인데

밤새 지친 손틀 소리가 걸어왔다

담 넘어온 떫은 동이감 가지 같은 유임이
숨겨놓은 그가 걸어왔다

* '절구통'은 경상도 지역어

전단지 돌리는 여인

소금기 찌든 갈치 젓갈 아침상

검은 고무신 새끼줄 두르고
집을 나선다

거문고 여섯 줄
오색 천 조각 같은
전단지들이
자동차 소리
흔들거리는 사거리에 뿌려지고

불꽃놀이 폭죽처럼 터지는
사람들 발목을 일일이 잡는다
두 장의 지폐를 벌기 위해
백화점 모퉁이 뻣뻣이 서서

땅거미가 무겁게 발을 옮기는
하모니카 수업 갈 시간

흙 묻은 냉이 한 뿌리 앉은

흰 고무신 갈아 신고

히브리어 오색 전단지는
해금강으로 간다

비오는 버스

겨울비가 우물 두레박줄처럼 내립니다
벚나무 새빨간 잎새 떨고 앉은 의자에 앉습니다
이번 정류장은 대림일차 아파트입니다

왜가리의 굽은 목처럼
여윈 플라타너스 한 그루
비를 피하던
연극 무대가 오버랩 됩니다
홈플러스 센텀시티 교통카드 찍는 소리에
어설픈 잠이 깨고
투명 비닐우산 검정바지 긴 머리
두 개의 가르마 사이에
노란 은행잎 한 장
물 뚝뚝 떨구는 긴 우산은 환승입니다

와이파이 부딪칠 듯 말 듯
어깨 피해가는 차창
소라색 마스크 잔기침 소리
흙담 담배 피우던
창백한 얼굴이 앉아있습니다

모든 주소 까맣게 잊은
나는
상관없는 비의 목적지에 내립니다

비는 습관처럼
그 자리에 앉아있을 겁니다
블랙박스도 물론입니다

옥수역에는 목단꽃이 산다 · **김섶**

제 3 부 ―

파랗게 데쳐진

토요일 오후

풍개나무

풍개 한 알 두 알 익어가는 붉은 아이 셋 두고 병이
깊어진다는 편지를 받고 황색 파라핀 통 삶은 메주콩
처럼 퉁퉁 불은 열 손가락은 참나무 장작 검은 재 식
어버린 골방 칙칙한 군내가 묻지도 않는 말을 거는 그
날 새벽 4시 풍개나무 한 그루 지키는 빈집 개미 드나
드는 문지방을 넘었고 소 발자국 따라 소똥 냄새가 싫
지 않던 논두렁 늘 배앓이 하던 단발머리 웃논집 일곱
째 딸과 논고동 기어 다니는 물에 발을 담그고 닦고
또 닦던 마루 굵은 소나기 맞으며 소박한 텃밭 푸른
매운맛 그가 명주실처럼 가늘어져 뻘겋게 녹슨 낫을
기다리고 있을 적막한 장좌골 나는 논고동 낮잠 자는
오후 삼베 수건 젖은 발을 닦고 마른명태 한 마리와
산을 오르고

겨울 바다

– 거제도

1. 시차기

논고동 숨죽이던 무논이 꺼진다 출렁이던 누런 탁주 한 주전자 풋고추 콩 박힌 된장종지 새벽부터 논매고 술 한 사발 기다리다 허기져 누워버린 논두렁 아버지 가 무섭다 걸쭉한 탁주 반 쏟아진 황금빛 해거름 내 등에 업혀 사각선 그려 넣은 사각 골목길이 꺼진다 나 는 모래밭 락페스티발처럼 뛰고싶다

2. 이진암 가는 길

연탄재 하얗게 쌓여 간다 한 사람 지나갈만한 공동 화장실 붉은 벽돌에 머리 눌린 김장 항아리들 삭은 물 조리개 하나 창백한 입간판 해발 이천 미터 벼랑 옛날 이발소 주인 하얀 가운 주머니에 꽂힌 꼬리 빗 하나 암자 기웃거리는 늦은 저녁 수레바퀴에 피는 연꽃냄 새가 주차장 떠돈다

3 칡넝쿨

외포리 가는 자동차 가끔 길 묻는 모퉁이에는 허리 굽은 그가 산다 빨간 페인트 칠 군데군데 벗겨진 자물쇠 칡넝쿨 감싼 양철 지붕 하얀 손목시계 지천인 클로버 공터 허기진 참새도 떠나간 건널목 방앗간 아카시아 꽃잎 벨트 돌리던 탁한 먼지 국방색 어깨 내려앉는 붉은 오후 사기그릇 취한 벼 이삭 짊어진 가마니같던 그 옥수수 지게 지고 다시는 돌아오지 않는 하얀 쌀 폭포처럼 쏟아지던 갈림길 칠일장 생선장수 따라나선 큰딸 고장 난 신호등 길목 종일 기다리던 아버지가 혼자 산다

4 홍가시나무

하얀 앞치마 두른 젊은 여자 마을버스에 올랐다 백팩 짊어진 골목길 같은 좁은 등 적포도송이 파마머리 밑창 닳은 굽 낮은 신발 드문드문 라일락 피어있는 차창 더디게 노 저어온 바다 모서리 라디오에서 가늘게 들려오는 짙은 합창 한 소절 종일 공중 아스팔트 날던 불두화 청기와 마당 연등 보고 합장하다가, 황사 바람 누런 얼굴 장대비 맞아 빨개진 줄 장미 무성한 십자가

위로 날아오르다가, 앉지도 못하는 전화기 끌어안고
젊은 여자가 울면 젊은 나도 울고 빈자리 하나 없는

두꺼비 우는 저녁

　붉어도 떫디떫은 땡감나무 2학년 1반 삼십 두 마리
검은 까마귀 발성연습 귀 기울이는 계룡사 툇마루 가
랑비는 기와지붕 처마 난간 오선지 풍경소리 마주앉
아 세모 칸 원고지 글을 쓰고 불룩하게 감 따 넣은 책
가방 미적분 앉은뱅이책상 가끔은 수학자가 되는 꿈
도 꾸고 비 맞은 목쉰 까마귀들 소금 한 알 물고 변성
기 지난 목소리 고른다 점점 거세지는 기와지붕 골 타
고 수숫대 같은 빗방울이 내린다 승우는 내일 부를 가
사 외우다 장닭 울음을 들었다

끈

증조모는 고깃배 갯가 모퉁이에서 생전 처음 어깨 짓
누른 사각 나무통을 보았다 냉기가 안개처럼 피던 통
틈새 한 뼘만 하던 그, 삼복더위 제사상 아가미 빨간
도미 조기 민어는 밀쳐두고 무명 쪼가리 칭칭 감아 볏
짚 따바리 대소쿠리 이고 아득한 출발 시간 허름한 간
이 매표소 배표를 끊었다 통영장 끝까지 따라오던 울
음소리 계요등 언저리 나무 꼬챙이 개미집 파다 길바
닥 엎드려 잠이 들고 땀 배인 고쟁이 벗은 증조모가
펼친 무명천 안에도 끈적거리는 물때처럼 녹아버린
아이스케키 빈 나무막대기 두 개가 곤히 잠들어 있었
다 증조모 하얀 머릿결 같은 포구나무 뿌리 소낙비에
말끔히 씻긴 하늘 걸려있는 앙상한 가지 증손자 광호
는 막대기만 남은 흔적 펼쳐보며 증조모님께 하얀 오
월 카네이션 한 송이 달아드린다

모딜리아니는 봄

이동 판매대 걸어 다니는 통로 모카커피 한 병 모딜
리아니 자화상처럼 기웃거린다 검은 무선 전화기 쥔
푸른 재킷 백구십 센티미터 남자 승무원 껌 씹는 여자
껌 씹는 외국 남자 꽃무늬 가방 앉아있는 의자 스키니
청바지 청 저고리가 자유스럽게 웃는다 구겨진 검은
코트 마주 앉은 4인 가족 웃는 역주행 젊은 부모 파란
땡땡이 무늬 바지 불꽃 튀기던 필드의 골프채가 노인
병원 이사 간 종부 거닐던 기와집 마당 한가로이 지나
치는 오후 빨간 시폰 블라우스 긴 머리 한 가닥 묶고
금장 손거울 에어쿠션 에센스 커버 바른다 도수 높은
안경 넥타이 맨 남자 보리피리 줄기 같은 이어폰 테너
목련화 반복되고 푸른 물 계속 내리는 세 사람 줄 선
화장실이 멀다 노란 머리 빗는 얼굴 하얀 여자 큰소리
로 입금 독촉하는 손 큰 핸드폰 좌석 확인하는 승차권
이 허둥댄다 잘 깎은 연필 세 자루 움직이는 간이책상
십사 호 십오 호 기차 연결 계단 사연 많은 발걸음 오
르내리던 곳 문패 없는 큰 가방 두 개가 모딜리아니를
멈춘다 어슴프레한 대변항 세꼬시 횟감 여섯 팩 참깨
듬뿍 초장 한 병 염장 꼬시래기 두 팩 조각 얼음 채운
스치로폼 얹힌 길고 긴 선반

센텀 신세계 백화점 5번 출입구 풍경

에스컬레이터에서 본 천장은 우주선을 닮았다

새까맣게 염색한 주름투성이 할머니 5번 출입구 앞
둥근 의자 앉아 안약 넣을 때 샤넬 매장 앞 줄지어 서
있는 사람들 유아차 앉은 여자아이 하얀 쇼핑백 껴안
는다 주황색 구두 남자 베이지색 바바리 에스컬레이
터 앞 몰려 급하게 올라가는 베레모 쓴 남자 옆구리
가방이 얼굴보다 작다 이층 가보라고 아들을 채근하
는 걸걸한 중년 엄마 커다란 검은 비닐 백 든 청소 아
줌마는 파란 토끼 모자 쓴 우는 아이 달래는 손톱 긴
엄마 응시하고 흰 스카프 발등까지 내린 인도인 키 작
은 여자와 손잡고 웃으며 걷고 있는 커플 아이스크림
먹고 웃으며 걷는 립스틱 빨갛게 바른 여인 옆 가방
들어주는 남자 서양인처럼 코 큰 샛노란 잠바 입은 여
자는 둥근 철 기둥에 기댄 채 핸드폰 얼굴에 붙어있고
안경 쓴 키 크고 청바지 손 넣은 남자는 다른 한 손으
로 전화를 받는다 콜라 깊숙이 빨대 꽂아 들고 가는
여자 종이봉투 얻어 가고 화장품 매장 앞 모델 같은
판매원이 서있다 미니스커트 꽃무늬 윗옷 입은 여자
허리가 굵은 아저씨 분홍 티 바쁘게 걷는다 친구 이름

부르며 끌어안고 고맙다고 등 두드리는 여자 발목에
이미테이션을 하고 있다 키 반만한 쇼핑백 들고 힘들
게 걷는 할머니 머리 꼬불꼬불한 흑인 여인 민소매 티
백인 소녀와 얘기하며 걷는다 파란색 땡땡이 무늬 원
피스 젊은 엄마는 캥거루 같은 아이 안았다 뽀글뽀글
파마 여인 화장 고쳐가며 셀카 찍고 건너편 남자 향해
웃으며 달려가는 여자 흰 운동화 구겨 신은 남자

샘플 화장품 바르는 여자

　다니엘라여 퇴직자 마지막 연설 같은 더위 시작되는 여름 동해 남부선 막차 멈춘 부전 전통시장 꼼장어 집 양파 같은 길에서 소식 한 통 없던 그를 만났다 돌부리 넘어져 얼굴 검버섯 같은 짙은 상처 자국, 흙 묻은 족파 뿌리 고등어 빨간 아가미 소금기 묻은 기장 미역 귀다리 발을 내민 갈색 체크무늬 천 바구니 어깨 맨 슈베르트 연가곡 흐르는 이층 방 대리석 계단 붉은 카펫 깔려있고 몇 집 없던 수세식 화장실 물소리 빌딩 끝집 외동딸은 색 바랜 원피스 석류색 뒤축 구긴 아픈 운동화 소리 끌고 천천히 걸어 내게 왔다 빗방울 잠시 그친 밑반찬 깐 마늘 냄새 축축한 장바닥 훈이 집나가고 새엄마 돌아가셨다는 얘기, 덤으로 받은 손가락만 한 스킨로션 두 개 꼭 쥐고 우편 번호 없는 그가 사라진 난민촌 같은 길 나의 다니엘라여 우리의 청춘이여

달개비

　법원 청사 후미진 슬레이트 지붕 담뱃집 할머니 몸
에서 나던 방아 향 진동하는 고촌리 응달 언덕배기,
맹골도 미역밭처럼 널려있던 그는 어쩌다 지나가는
발자국 소리에 조그만 사각형 미닫이 유리창 팥 따로
삶아 찰밥을 안치던 까시레기* 핀 굽은 손을 내밀어
지폐를 받았습니다 개울에서 한 번도 헹군 적이 없는
질퍽질퍽 흙 묻은 레지 데이지 수 놓여있는 목화솜 방
석 그 자리에 그대로 앉아 작년에도 그 작년에도 지폐
를 받고 손톱 반만 한 달개비 꽃을 피웠습니다 순사가
와도 꿈쩍 않던 그는 보따리 장사하다 아르헨티나 이
민 간 외동딸 소식에 법원 마당까지 달려가 문지기 발
밑에도 피었다 풍년든 깊은 바닷속 미역 귀다리처럼
많이도 피었습니다 땅에 엎드린 자세로, 올해에도, 담
배 내 같은 방아향이 고독합니다

* '거스러미'의 지역어

머구 이파리

　휴대용 가스 불 얹힌 자사호 보이차 같은 그가 새파
랗게 데쳐진다 진주 남강 피라칸사스 울타리 작은방
딸린 자취집 그을린 부뚜막 흰 사발 담겨 있다 아카시
아 꿀벌 우짖는 차마고도 보다 조금 더 가파른 사천
언덕 아침저녁 그늘막 푸른 지붕이 흔들린다 열 손가
락 까만 소태 물들도록 이파리 따던 소심난초만한 마
루 귀퉁이 대못 박아 걸어놓은 실금 간 사각 거울 듬
성듬성 빠진 머리카락이 보인다 습관처럼 쌉싸래한
된장 단지 봉지봉지 담아놓고, 논개 옷자락처럼 흐르
는 시간 토요일 오후 파랗게 데쳐진다

민들레

둥근 알루미늄 탁자
삐걱거리는 소리

정구지 얹힌 돼지 국밥집

소주 잔 기울이다 달려나가
등대처럼 불 밝히는

그는
샛노란 보헤미안

수학여행

맨드라미 까만 씨앗 두 줄 서 있던 강릉 대합실 자주색 허리 끌어안고

서럽게 울던 짙은 남색 교복 반머리 실 핀 쫄바지 하얀 운동화 손잡고

벌집 같은 여관방 얼룩덜룩 낯선 이불 깃 줄 당기기 빼빼 마른 짙은 화장

가정 선생님 크고 작은 옹기들이 발효되던 전통 속에 서서 들뜬 외박

현장 수업 콩된장 으깬 시린 발 오엽송 향기 신비스런 가을 기차가

치타처럼 달리는 골짜기 클라리넷 은빛 오색딱따구리 옹이 쪼는 소리

낙엽 쏟아지는 소리 굵은 마사 덮은 큰 길가에는 머리 묶은 직원

단 한 명 우체국 소라색 윗도리 소매 두 겹 접은 큰 책가방 검은

뿔테 안경 침 발라 우표 붙이던 엽서가 걸어온다 은행잎 한 장만 한

손거울엔 간이역 의자에 손전등 들고 노란 눈 큰 부엉이 울음소리

흔들리던 바위 무서움증 더는 돌아 갈 수 없게 붉게
웃던 땅나리꽃

에코가방 깊숙히 들어있던 헤르만 헤세 바람의 머리
카락은 소수점을

넘어 해마다 누에고치 뿜어내는 실처럼 가늘어져 간
다

3호선의 가을

물만골 도시 철도역 형겊 조각 이어붙인 계단 한발 한발 은행잎에서 석순이 사는 갈곶리 진들 뽕나무 냄새가 진동했다 어둑해서야 노천 구둣방 굽 높은 밑창 아교 붙이고 오래된 텔레비전 걸려있는 집 가는 전자 교통카드, 푸른 대나무 수자직 엮어 짚더미 널린 이층 시렁, 누에 뽕잎 갉아 먹는 사각사각 소리가 뜬눈으로 밤을 지새웠다 밀폐된 공간 하나둘 남겨지는 긴 벤치 어느 역에서 환승하는지 잊어버린 추수 끝난 허허벌판 누런 보릿대 들불같이 태워 유기 제기 닦던 어느 할머니의 닳은 손톱 까만 재 냄새가 보라색 수레국화 능선에서 내리는 시간 나는 두 정거장 지나 마지막 안내 방송을 듣는다

제4부 — 붉은 하모니카

영도다리 해녀촌

목덜미 구부정한 바다가 피우는 담배 연기 방앗간 어머니의 냄새가 난다 드문드문 감꽃 떨어지던 담장 아래 샘물 솟던 골목 뒷마당 투박한 가마솥 꽁보리밥 끓는 소리 해변 자갈 끓는 철제 다리 생고무 모자 서서히 일어서는 시간 동이 감나무 뿌리 짓밟혀 군데군데 찢어진 검은 비닐 펄럭이는 지붕 간이 시멘트 바닥 맨발이 주문 외우는 곳 한여름 고드름 매달린 한기 하루에도 몇 번씩 단오절 그네 뛰는 기와집 담장 넘는 파란 저고리 새빨간 갑사 치마 같은 파도 해삼 멍게는 온몸으로 등목하고 대소쿠리 반반 앉아 버선 한쪽 벗겨져 여태 집 돌아가지 못한 집시와 밀거래 한다 뿔소라 초승달도 피해 가는 길 마른 전대 민화 속 바위틈 이름 없는 풀꽃 같은 촌

귀어도

　상사초 쓰러지는 대낮 열두시 사십오 분 코티 분 뽀
얗게 칠한 게이샤 연고도 비석도 없는 사과 배 반 개
소주 한 잔 비스듬히 무너진 비 맞은 까마귀 한 마리
잣송이 같이 갈라진 발뒤꿈치 흰머리 까만 고무모자
두른 주름진 상어고기 한 마리 전복 망태기 물 위로
솟구치고 알사탕만큼 살뜰하던 게이샤 어스레한 저녁
예고편 없이 나를 버리는 것을 보았다 어머니의 어머
니의 어머니 게이샤는 모든 대낮을 기억하고 있다

　동굴 속 게이샤가 숨어든다 키높이 구두 동백기름 서
랍에 두고 탱자나무 울타리 지친 발자국 도시의 바닷
속 헤엄치던 촘촘한 그물선 눈 부칠 시간도 없이 공간
속으로 떠돌아다니던 장마철 무논의 청개구리 오르막
길 하얀 도라지꽃 둔덕 아래 흔적 없이 쌓여있는 돌담
을 본다.

　게이샤와 약속하고 살아온 것은 아니다 낯선 고속도
로 팔 차선 흐드러지게 서서 손 흔들던 빨간 웃음소리
는 잠시 허리 펴는 일상 빨간 고무장갑은 시퍼렇게 얼
어있는 게이샤의 열두 손가락 닭 우는 새벽마다 게이

샤를 마셨다 굵은 손가락이 맵다 검은콩에 소낙비 내
리듯 게이샤와 이별하고 살아온 것은 아니다

　처음부터 게이샤는 그곳에 살고 있지 않았다 파랗고
질긴 칡 줄기 같은 나무의자 물가에 떨어진 물고기 같
은 문장을 서술해야 한다 붉은 집시치마 다듬이질 소
리 장맛비 종일 맞아가며 푸른 소나무 한 짐 지고 뜸
부기를 절벽에 몰아넣어야 한다 또 어느 낯선 곳, 빙
하에 부딪힌 파도처럼 가슴이 얼도록 울어야 한다 가
끔씩 마주하는 물고기 도서관 지하방 배고프고 가난
한 등불을 켜야 한다 그곳에 살고 있지 않은 게이샤
는.

대나무 깃발 서 있던 집

탱자나무 울타리 한참 아랫집 문구 형수가 살던 돌
담장 빨간 제비꽃이 흔들린다 대문도 없이 드나들던
돌 사이 간신히 버티던 대나무 깃발 으스스 흔들릴 때
마다 탁주 주전자 꽉 쥔 가슴 발끝으로 숨 턱에 닿도
록 내달리던 무서움 어둑해지는 초저녁 애끊는 사람
둘러앉은 굵게 짠 멍석 마당 하얀 치마저고리 코고무
신 앞가르마 은비녀 꽂힌 단정한 머리 중얼중얼거리
는 깊어지는 밤 무당 무릎은 거센 꽹과리 딱 마주친
잠 덜 깬 귀신 골목 개복숭 나무 한 그루 가파른 버선
발로 버티는 깃발 한 자락

마늘을 까는 여자

　참새 발자국도 뜸한 청마루 낡은 고향집 비자나무 장
롱 무명 보자기 싼 어머니 자색 비로드 치맛자락이 비
에 축축이 젖는 꿈을 꾸었다 작은 돌멩이 소꿉놀이 하
던 1.8리터 소주 대병 싸움소리 청색 사금파리 조각이
오길녀 집 가는 외나무다리 같은 골목길 탱자나무 엉
켜있던 우둘투둘 제비 흙벽 안청 마늘꾸러미가 나를 부
른다 가뭄에 쩍쩍 갈라진 고무신 이삭 줍던 논바닥 어
머니 손끝 축담 아래 덕석 귀퉁이 쪼그리고 앉은 설유
화 무더기같이 하얀 마늘 냄새가 거칠게 뺨을 때렸다
작은집 북리 마을 울어 대는 구구 새 깃털소리 꺼시럼*
덮인 부뚜막 타박 고구마 구워낸 황토 아궁이 은회색
재처럼 5막 3장 막 내린 칠천도 앞바다, 대구리 배 거
물 망 같이 삭은 손금 구들장 지키는 노란 콩기름 배
인 등짝 나는 4대가 살던 할미꽃 미끄럼 타던 묏등으
로 간다

* '그을음'의 거제도 지역어

시간을 넘어서

담배 연기 가늘게 떨리는
오량리 터미널
붉은 하모니카 불던
장이를 만났다

우둘투둘 거친 노란 껍질 유자 한 개
구구단 책 때 묻은 손에 나누어 먹던

후드득 후드득 빗소리
녹슬고 못 자국 겹겹이 박힌
양철지붕

보리쌀 씻은 구정물 고인 뒷마당
가오리 한 마리만 한 미나리꽝 보이던 묏등

쓰르라미도 찾지 않는 비 들치는 삭은 처마 밑

장이와 나는 가을 고추같이 새빨간
도토리 몇 알 남은 옥녀봉에 올랐다

토벽 봉창에 갇힌
읽지 못한 서책들

눈감은 붉은 하모니카
검은 그리움
수학 선생 장이

샤갈을 다시 만난 여름

반촌 기숙사 낡은 이젤 같은 목재 석이 집
우물 저쪽 외나무다리
꺼시름 덮인 화선지가 건너온다

유화 물감 철철 솟구치는
오색 분수대
붓 한 자루가 걸어온다

밤새 매실 밭 헤매다

닭 울음 끝난 판돌 할아버지
논 매러 가는 시간

빌딩 숲 그늘 찾아 내려앉는
불볕 아스팔트 땅 녹이는

오카리나 도자기 등잔
산초 기름 호롱불
달셋방 꺼시름 두르고
새벽녘 뒤척이던

세 아이 어머니 같은 화폭

열두 개 등잔불

박 바가지 얼음 가득 채운
막걸리 마시고 있다

지금 섶반몰에는
― 산부인과 병동

누렇게 들뜬
시래기 가마솥 데치다 뛰쳐나온

어떤 상황극이 공연될지도 모른 채
진흙 푹푹 빠져버린 맨발
퉁퉁 부풀어 오른 열 손가락

좁은 사각 하얀 무대
등 떠밀어 올려두는

죽순 춤추는 대나무숲 바람
스물 네 시간 두드리는

검은 뿔테 안경 파란 마스크
하얀 가운 소독장갑

까마귀 등 앉아 하늘 돌고 돈다
시래기 말라가는 덕장은

포구 나무 열매

새까맣게 익어가는
나의 자화상

극한직업 1
　－ 한글교실

팔순을 뽀도시* 넘긴 길례를 만났다

꽃상여 가파른 길
종치는 소리꾼이 되고 싶던 그는

배추 무 보라색 갓 김치 맨손 치대
해운대 역전 전당포 골목 앉았다가,

목화솜 뭉치
푸른 대나무 석유 묻혀
활활 타는 횃불 들고
고래가 밤새 잡은
붉은 문어, 아귀, 도다리

허물어진 적산 가옥
담장 지키는 소리꾼이 되었다가,

탱자나무 가시같이
햇볕과 대판 싸운 거친 머리카락
장닭* 같은 열 손가락

〉

페르시아 시장 낙타 탄 상인들처럼
떠들썩한 해운대 골목시장 난전에서
그는 생전 처음 붓을 들었다

선생님
내 이름 석 자라도 쓸 수 있을까요?

* '겨우'의 경남 지역어
* '수탉'의 경남 지역어

*** 이 시는 구술자의 동의를 구해 쓴 시입니다.

극한직업 2
— 한글교실, 분례씨 이야기

울어본 적이 없습니다

형상 없는 피카소 그림이었습니다

팔 남매 막내
어머니 얼굴을 기억하지 못합니다
교실 문턱 밟아 본 적이 없습니다
문풍지 사이로 학교 운동장
가끔씩 담장 넘어 풍금 소리
가을철 누런 들깨 밭두렁 주저앉아
만국기 펄럭이는 목쉰 함성을
들었습니다

염소 집 돌아오는 끝까지
무당 작두 타듯
머리채를 잡힌 옷 보따리는
촌 장터를 뛰어다녔습니다

탁하고 거친 사투리
거북이 등짝 발바닥

안개 자욱한 이끼 낀 늪지대
칠십 골목을 뒤로하고

네모 칸 공책이 되었습니다
닿소리가 되었습니다
홀소리가 되었습니다

고층건물 청소하는 벽면
큰 언니가 일러준
기억도 없는 어머니 이름을
적을 수도 있습니다
김 너미

작은 집 혼자 사는 오늘
일하러 갑니다

등불을 든 나이팅게일 두 명
읍내 유럽 빵 굽는 냄새
울릉도 밤바다 대낮같이 불 밝히고
오징어 낚는 선장

밤새 달리는 화물트럭
오 남매 혼자 지켜낸 조선의 어머니십니다

지금 그는
가지런히 깎은 노란 연필 열두 자루
네모 칸 일기 공책
낡은 이불장 깊숙이 숨겨놓은
동방예의지국
대나무 숲 바람 같은 시어머니십니다

울어본 적 없습니다

* 이 시는 구술자의 동의를 구해 쓴 시입니다.

사과꽃 숨는 갈곶리 마을에는

당산 나무처럼 오래된 사람이 살아요. 대나무 평상
쭈글쭈글 말리는 낭만파 고사리가 혼자 살아요 통영
자개 박힌 팔인용 둥근 상은 황토 벽 안 청 비스듬히
세워두고 손부채만 한 꽃무늬 알루미늄 밥상 마른 멸
치 고추장 찍어 늦은 저녁을 먹어요 멀리 개 짖는 소
리 무서움 증에 검정 문신한 눈썰미는 잠을 청해요 칠
일 장터 떠날 푸성귀 작년 말린 노란 국화 차 창호지
문밖 마루 끝에 챙겨 두고 아침부터 날이 궂더니 갈곶
리 숨아진 사과 꽃은 내가 되고 나는 해질녘 비가 되
어요 막차 끊어지기 전 숱 적은 머리 숨길 파란 소주
병에 든 동백기름을 삽니다 사과 꽃 숨는

옥수역에는 목단꽃이 산다 · 김 섶

제5부 ─ 다시 시작된 여름 장마

손

푸른 기와지붕 축축한 우기다

축담 아래 보글보글 떠다니는
물방울이다

물까마귀 앉은 돌담 아래
하얀 봉숭아 저고리다

실 한 꾸러미 감아
연보라 꽃 핀
오동나무 밑둥이다

아궁이 청솔가지 검은 연기
장마 다시 시작된 한여름이다

붉은 문어는 어디로 갔을까

오징어 한 축
허옇게 간이 핀 청각 한 보따리

철 수세미 같이 엉킨 머리에 이고
밤을 새워 그물질한
구룡포 문어 한 마리

푸른 고등어 등 비린내
비 그치면 검정 고무 원피스

동치미는 소금 치던 누런 면장갑

홍시 빛 까치 뒷마당 툭툭 떨어지는
오동나무 찬장 깊이 넣은

은빛 멸치 액젓 말갛게 달여
장독마다 담아놓고

그가 내렸던
허옇게 간이 핀 청각 한 보따리 같은 정거장

그 사람들 속으로 숨었다

정지* 가득 액젓 냄새 배어있다

* '부엌'의 경남 지역어

불개미
　– 영이

백 리 길 저쪽
소래포구 쪽배 귀퉁이
푸른 파시波市* 목쉬게 외치는
시간에

꿈을 꾸었다

거친 돌가루 종이
콩기름 칠한
포도 새까맣게 익은
황토방 아랫목

양파 껍질 같은
발그레한 울음소리

포도나무 장작 지피는
조그마한 불개미 한 마리

아자창亞字窓 저쪽
불꽃 같은

실눈을 뜨는 꿈

* 바다 위에서 열리는 생선시장

달개비 꽃 바다로 간 형부

두 사람 겨우 앉는
목선 선주인 그와 나는
낚싯대 줄줄이 매달려 올라오는
헌책 까만 몽돌에 짓눌린
여름 방학과제 식물채집 꽃잎 같은 도다리를
너울이 잦아질 때까지 낚았다
은빛 양철 대야 꿈틀대던 기억
수직 해금강 절벽 오르던 저고리 벗은 뱃사람
뭉툭한 작은 바위 밀치고 손가락 길이 해삼 줍던 자
갈밭
무쇠솥 뜨겁게 끓여
거품 일지 않는 빨랫비누
단발머리 감던 문중 제실
흙 묻은 발 깔개 소나무 판때기 놓인
제실 공동탕이 오른발 담근다
기역자 안집 열린 대문
길을 막던 앉은뱅이 틀 소리
해 떨어지기 전 쩍쩍 갈라진 손
소죽 솥 담그던 북쪽 정 사각 봉창
시금치 다듬는 할머니 등 뒤에 애기 동백이

계단처럼 피어 있던 곳

지금 그곳에는

강추위 소리 잔 불씨 끄실려

검은 흙 내 배인 두 손으로 푹푹 씻은

조밥 노란 냄새가 나는

그곳에는

깜깜한 물속 양식 대나무

빈 꼬챙이 줄 세워두고

수선화 무더기 피는 새벽

목선 저어 통영으로 떠난 그

페인트칠 덜 된 바닷속 개발 지역

조개 캐던 모래장화 한 짝 둘 곳 없는

텅 빈 제비집들

덜 마른 미역귀가 다리 어수선한 벽 한쪽에는

완행버스 문짝 틈새 끼인

형부 부음 전보 우체부가

똥장군 놓였던 큰언니 집 나무 대문 앞까지 따라오고

옥수역에는 목단꽃이 산다

그곳에는

도둑맞은 손틀소리
적벽가 울음소리
구들장 무너지게
한숨짓던 외증조모 닮은
작은 목단 사는

그곳에는

문짝 떨어진 시렁 벽
납작한 옷 보따리 숨겨두고

면장 집
말라가는 무 시래기 널려있던 담장
보리쌀 안치는 새벽까지
끝내 넘지 못한

그곳에는

냇가 널찍한 바위
온종일 하얀 서답* 말리던
굽은 허리

외증조모 신문지 말아 피우시던
잎담배 연기 같은 목단 꽃잎이
어린이집 지나다니는
그곳에는

* '빨래'의 거제도 지역어

한파

곳자왈에는

유랑극단 따라나선
젤소미나*가 산다

간이 기둥 두 개 천막촌
작은 북소리
어설픈 트럼펫 연주

비행기길 끊어진 열두 달
빨래터 구정물 같은
궂은 한파

좁은 길
보헤미안이 되고
젤소미나가 되어

가시덤불
환상 숲
붉은 이끼 습지

⟩

303호 법정으로 가고 있다

Good bye
Good bye

* 영화 "길"의 여자주인공

마라톤

밤새도록 앉은뱅이 틀
바느질 길 달린다

뿌연 새벽 덜 핀 벚꽃
맨발 흰 띠 두른 케냐인
키 작은 논둑 자운영 흔들리는 들판
몇 문수인지 모를 파란 왼발잡이 운동화 같은
불국사가 달린다

안전 황색선 두 줄 넘어오는 아시아인
어머니 비단실 손수 놓인 어깨띠
돌나물 새벽시장의 무게
채 여물지 않은 보리 까시레기 같은
신라 오능이 달린다

갓길 길게 늘어선 손뼉
머리 물 뿌리는 작은 생수
동해 밤 오징어 배 전구 목련 봉오리 같은
첨성대가 달린다

헬기 뜨는 소리
빨갛게 손톱 칠한 여기자 흥분하는 중계방송
점점 가까워지는 사물놀이
느릿느릿 우승 소감
청기와 얹힌 버스 정류장 같은
천마총이 달린다

울릉도 깍개등 산판 흑염소 떼들이 달린다

파란 수국

고동 줍는 아낙네 같은,

소박한 안개비가 내리는 날
수금포* 혼자 앉아 내게로 왔다

밤새 잠 설친
손수레만한 마당
열두 달 갇혔어도
울지 않던 그

칡뿌리 같은 장마
흔적 없이 사라진
허기진 집터

개미도 찾지 않는
척번정리 문수암
석이의 편지

꽃 피우지 못한 눈두덩이
퉁퉁 붓도록 울었다

*삽

시집해설

사라지는 것들을 위하여

황정산
(시인, 문학평론가)

사라지는 것들을 위하여

황정산
(시인, 문학평론가)

　세상의 모든 존재하는 것들은 사라질 운명을 가지고
있다. 영원한 것은 사실 아무것도 없다. 더욱이 세상이
급속하게 변하면서 사라지는 속도도 점점 빨라지고 있
다. 어떤 것이 사라진다는 것은 그것과 함께 한 시간이
사라지는 것이고 그것과 함께 한 우리의 생각과 정서가
지워지는 것이다. 시인은 새로운 언어로 첨단의 감성을
노래하는 자이기도 하지만 또 한편 이 사라지는 것들을
지키고 복원하는 파수꾼이기도 하다. 김섶 시인이 바로
그런 시인이다. 하지만 시인은 역사학자와 달리 과거의
것을 기록하는 데 그치지 않고, 그것이 수반하는 삶의 생
생한 현장을 재현하여 사라지고 잊혀진 우리의 감각을

일깨운다. 김섶 시인의 시들을 읽으면 사라지고 없어질 것들이 우리의 풍부한 감성을 불러일으키며 어떻게 다시 살아나는지는 체험할 수 있다.

　다음 시는 김섶 시인의 이번 시집이 가진 정조의 방향성을 단 두 줄로 표현하고 있다.

　　아름다운 꽃상여가

　　북간도로 간다

– 「한 장의 주검」 전문

　상여는 죽어 사라지는 것을 보내는 수단이다. 그런데 그것을 보내면서 꽃으로 치장한 "아름다운 꽃상여"로 보내는 것은 보내는 것에 대한 경의와 아쉬움의 표현일 것이다. 시인은 자신의 언어가 이 아름다운 언어가 되길 바라고 있다. 그런데 그 꽃상여가 왜 북간도로 가는 것일까? 북간도는 우리의 역사 속에 기억되는 곳이다. 하지만 그 기억은 점점 잊히고 있다. 시인은 이 두 줄의 문장을 통해 사라지는 것들에 대한 절절한 그리움과 그 그리움의 기억마저 '북간도'처럼 먼 역사 속으로 지워져 가는 현실을 안타까워하고 있다. 그런데 그러한 사라짐을 시인은 왜 "한 장"으로 표현했을까? 그런 안타까움에 매달리며 애써 쓴 기록과 글쓰기가 그러한 사라짐을 한 장 종이 위의 문장으로 남길 수 있기 때문이다. 그것이 바로 시인에게는 시 쓰기이다. 기억과 역사 속에서 사라지는

것들을 되살리고 재현해 내는 것 그것이 김섶 시인의 시
쓰기의 방향임을 이 시는 간명하면서도 인상 깊게 보여
주고 있다.

다음 시는 사라짐의 이미지를 감각적으로 보여준다.

흙도 채 마르지 않은 황토 촌집 마당

하얀 명주실처럼 가늘어진 손가락

미역국 냄새 같은

마른 산나물 같은

흰 분필 가루 같은

얇아진 통영서대 물고기 같은

– 「금보 여인숙」 전문

시인의 기억 속 "금보 여인숙"은 이미 사라지고 없거
나 점차 존재 의미를 잃고 사라져갈 운명에 처한 곳이
다. 시인은 그런 존재를 여러 개의 다른 이미지로 나타
내 보여주고 있다. "황토 촌집 마당"처럼 정겨운 곳이지
만 "하얀 명주실"처럼 점점 가늘어진 희미한 기억만으로
존재하는 곳이기도 하다. "금보 여인숙"이 떠올리는 정

서는 미역국 냄새처럼 아련한 것이지만 마른 산나물처럼 점차 그 냄새는 옅어지고 "흰 분필 가루 같은" 무취의 먼지로 흔적만을 조금 남기고 사라지는 기억으로 풍화된다. 결국 해풍에 말라가는 얇아진 서대처럼 박제된 모습으로 우리의 기억에만 남게 된다. 시인은 이런 이미지들을 나열함으로써 사라지는 것들이 우리의 정서에 남기는 구체적 감각들을 환기한다. 그것을 통해 그 존재와 존재의 기억들을 우리의 정서에 호소하고 우리 몸에 새겨놓는다.

사라지는 것들 중에 가장 큰 상실감을 주는 것은 가족이다.

가족이 벌겋게 끓던 골목

해질녘 마다

숨차게 끄는

여섯 마리 나무 목마를 태웠다

오늘은

목마를 태울 골목이 없다

밤새

태운

금빛 참숯

한 소쿠리가 있어도

식은 숯덩이 같은 집

– 「목마는 어디로 갔을까」 전문

이 시에서 '태우다'는 단어는 두 개의 중의적 의미로 사용되었다. 여러 아이들을 목마 태워 기르던 추억을 떠올리게 하고 그 추억의 따뜻함을 나무를 태운 열기로 동시에 느끼게 해 주고 있다. 해가 저물어 일하거나 놀던 가족들이 집으로 모여들던 시간이 되면 석양은 타는 것처럼 붉게 물들었을 것이고, 아궁이에서는 장작이 타오르며 굴뚝에는 연기가 피어올랐을 것이다. 시인은 이 안온한 기억을 불의 이미지로 기억하고 그것을 "벌겋게 끓던 골목"이라고 표현하고 있다. 하지만 지금 그런 열기가 사라지고 없다. "식은 숯덩이" 같은 냉기만 남아 있을 뿐이다.

왜 가족은 해체되고 식구들은 뿔뿔이 흩어져야 하는 것일까? 현대 사회의 삶이 그것을 강요하기 때문이다.

도시화된 삶의 공간은 이제 과거와 같은 가족 공동체기
필요하지 않다. 개인의 공간과 개인적인 활동만 있을 뿐
이다. 가족은 서로 간에 짐이 되고 모두 둥지를 떠나듯
집을 떠나고 없다. 시인은 그 썰렁함을 느끼면서 그 추
억의 이미지 "목마"를 그리워하고 있다.

　다음 시는 좀 더 슬프다.

　　청곡리 방파제

　　혼자 사는 바지락

　　그는

　　쪽 머리

　　푸르스름한 은비녀 꽂은

　　울지도 매달리지도 않는

　　굽어 가는 허리

　　　　　　　　　　　　　　　－「새해」 전문

　가족을 다 떠나보내고 혼자 사는 한 사람의 쓸쓸한 모
습이 떠오른다. 그는 그러한 현실에 크게 비통해하거나

떠난 사람을 원망하지 않고 묵묵하게 그 세월을 견디고 있다. "푸르스름한 은비녀"가 그 세월의 깊이를 보여준다. 이렇게 혼자 외로움의 시간을 의연하게 견디는 그 모습이 우리를 더 처연하게 한다. 그런데 왜 시 제목이 "새해"일까? 아마 마지막 연 "굽어 가는 허리"에 그 답이 있을 것이다. 새해가 되었다는 것이 큰 기쁨이나 새로운 희망을 떠올리게 하는 것이 아니라 한 해 한 해 다르게 점점 더 허리가 굽어 가는 것을 의미할 뿐이다.

　김섶 시인의 이번 시집에는 부산의 지명들이 자주 등장한다. 모두 오래되고 낡고 쇠락해 가는 곳이다.

　　푸른 습자지 같은

　　호박잎 따서
　　차곡차곡 짚어진 새

　　그는
　　오일장 풍물처럼 떠돌고

　　반 광대 된
　　수양 버드나무 한
　　그루로 남아

　　머위 이파리 데친

냄새 같은

– 「일광역」 전문

　일광역은 한때는 동해남부선의 주요 역이었으나 지금
은 간이역으로 격하된 오래된 역이다. 시인은 그 역사의
풍경과 그 풍경 속의 인물을 그려 보여주고 있다. 시에
서 그려진 풍경과 인물은 모두 습자지처럼 얇게 메말라
가고 있다. 비교적 무성하게 생명을 유지하는 "수양 버
드나무 한 / 그루"만이 광대처럼 풍경에 어울리지 않는
우스꽝스러운 모습으로 남아있을 뿐이다. 시인은 거기
에서 "머위 이파리 데친 / 냄새"를 떠올린다. 데친 머위
이파리 냄새를 특별히 맡아보지 못한 필자로서는 그 냄
새가 어떤 것인지 가늠할 수는 없으나 아마 향기가 강하
지 않고 옅은 풋내를 내는 그런 냄새가 아닐까 짐작해 볼
수 있다. 시인은 그 냄새를 통해 오래되고 결국 사라져
갈 운명을 가진 것들이 가진 희미한 시간의 기억을 붙잡
고 싶어 한다.
　다음 시는 시간을 과거로 되돌린다.

　그물 털다 길가 내몰린
　생멸치들

　긴 물미역 한 꾸러미

– 「옛날 동래역」 전문

지금은 사라졌지만 과거 동래역에는 새벽 시장이 열려 싱싱한 해산물이 거래되었다고 한다. 시인은 그때의 그 광경을 재현하고 있다. 아니 재현이라기보다는 그때의 기억 속에서 떠오른 특별한 사물을 떠올려 그 당시 동래역의 모습을 기억하려 안간힘을 쓰는 것 같이 느껴진다. 세상의 변화와 어김없이 흘러가는 시간 속에서 변할 수밖에 없는 역사와 그 주변의 모습 속에서 흔적으로도 잘 남아있지 않은 과거의 시간을 시인은 다시 불러내고 있다. 그것은 크로노스의 시간을 카이로스의 시간으로 바꾸는 일이기도 하다. 시인이 이 과거의 생생한 기억을 잊지않고 그것의 이미지를 언어로 바꾸는 순간 어쩔 수 없는 시간의 흐름 속에서도 쉽게 사라지지 않는 의미 있는 시간의 기억은 남게 된다. 그런 점에서 기억의 장소로 역을 선택한 것에서도 특별한 의미를 찾을 수 있다. 역은 정확한 크로노스의 시간을 지켜야 하는 곳이다. 이 크로노스의 시간은 열차처럼 어김없이 우리의 삶을 통과한다. 하지만 또한 역은 잠시 멈추는 곳이다. 그곳에서 사람과 사람이 만나고 또한 그곳을 거쳐 우리는 또 다른 삶의 공간을 경험하기도 한다. 다시 말해 그곳은 크로노스의 시간이 카이로스의 시간으로 바뀌는 곳이다.

　　다음 시가 보여준 부산 보수동의 헌책방 골목은 오래된 것들의 거리이다. 사라지는 것들을 애써 붙잡아두려는 마음들이 모인 곳이기도 하다. 시인은 그곳을 이렇게 노래한다.

종일 비오는 대낮에는

보수동 헌책방 골목

좀 쓴 책들이

뒤척인다

새까만

촌 다방에는

빗물 받아 머리 감은

창백한

카푸치노가 끓는다

밤새 비 온 날

달개비꽃 아침에는

놋대야 황토물 가득

가래톳이 선다

- 「비」 전문

　보수동 헌책방 골목에서는 "좀 쓴 책들이 뒤척인다"고
함으로써 시인은 책방을 다니며 책을 뒤적이는 자신과
자신에 의해 뒤척여지는 책이 함께 낡아가는 시간을 경
험한다. 책방 옆 다방에서도 마찬가지이다. 그곳을 지키
는 주인은 그곳에서 파는 카푸치노처럼 창백한 모습으
로 늙어가는 중이다. 시인은 사라져가는 이런 것들을 만
나기 위해 그곳을 오래오래 헤매고 다니다가 결국 가래

톳이 서는 경험을 하게 된다. 가래톳은 어쩌면 이 오래
된 사물들이 그에게 선사한 시어와 같은 것이다. 그런데
이 시에서 중요한 것은 이 모두가 비 오는 날 느끼고 경
험한 것이라는 점이다. 시의 제목마저 "비"이다. 흔히 비
오는 날을 공치는 날이라고 한다. 잠시 해야 할 일이나
일상으로부터 벗어 나는 날이기도 하다. 그것은 시간의
흐름에 잠시 쉼표를 찍는 그런 기회이기도 하다. 그런 점
에서 비는 보수동의 오래된 것들을 만날 기회를 주는 것
이기도 하고 또한 그것들과의 만남의 시간을 연장해주
는 이유가 되기도 한다.

　시인은 해운대에서 아직도 생생하게 살아있는 오래된
것들을 마주한다.

　　비릿한 구남로 골목 시장 전당포
　　배불뚝이 대구 발갛게 언 눈동자가 풀린다

　　옻칠 벗겨진 육각 밥상
　　아버지 굽어진 손가락 펴진다

　　해변열차 땀 찌든 발목 담그고
　　비 오듯 눈물 흘리는 철길

　　검은 약쑥 냄새 소금 방 진동한다

어귀 삼거리

오십 년 잔치 국수 뽑은

죽방멸치 삶아 말리는

둥근 대소쿠리

허리 꼿꼿하다

뜨거운 저녁부터 암탉 우는 새벽

온천물 대나무골 죽순 솟듯 끓는

43℃ 팻말 출렁이는 그곳에는

－「해운대 온천」 전문

    해운대는 현대적 건물이 꽉 들어찬, 부산에서 가장 번화한 곳이다. 하지만 온천장이 있는 해운대는 가장 오래된 곳이기도 하다. 거기에는 아직 전당포가 남아 있고, 지금은 열차가 다니지 않는 철길이 남아 있고, "옻칠 벗겨진 육각 밥상" 위에는 죽방 멸치로 낸 국물에 말은 오십 년 된 잔치국수가 놓여있다. 시인은 이런 것들을 보면서 "아버지 굽은 손가락 펴"지는 그리고 "둥근 소쿠리 / 허리 꼿꼿"해지는 것 같은 생명력의 회복을 다시 느낀다. 그것은 43도로 아직 끓고 있는 해운대 온천물이 있어 가능한 일이다. 이런 점에서 해운대 온천은 시인 자신의 기억의 원천이고, 모든 기억들에 생생한 원기를 불어넣어주는 정신적 활력의 상징이다.

하지만 오래된 것들도 그것을 붙잡으려는 시인의 기억
도 사라지고 희미해질 운명을 피할 수는 없는 일이다.

> 다니엘라여 퇴직자 마지막 연설 같은 더위 시작되는
> 여름 동해 남부선 막차 멈춘 부전 전통 시장 꼼장어
> 집 양파 같은 길에서 소식 한 통 없던 그를 만났다
> ...(중략)... 몇 집 없던 수세식 화장실 물소리 빌딩 끝
> 집 외동딸은 색 바랜 원피스 석류색 뒤축 구긴 아픈
> 운동화 소리 끌고 천천히 걸어 내게 왔다 빗방울 잠시
> 그친 밑반찬 깐 마늘 냄새 축축한 장바닥 훈이 집나가
> 고 새엄마 돌아가셨다는 얘기, 덤으로 받은 손가락만
> 한 스킨로션 두 개 꼭 쥐고 우편 번호 없는 그가 사라
> 진 같은 길 나의 다니엘라여 우리의 청춘이여
>
> – 「샘플 화장품 바르는 여자」 부분

시인은 어린 시절 친구를 우연히 조우한다. 하지만 부
잣집 딸이었던 그녀는 없고, 이미 늙은 그녀는 그녀처럼
색 바랜 원피스와 낡은 신발을 신고 샘플 화장품 두 개
를 선물처럼 소중하게 쥐고 "우편 번호 없는" 다시 만날
수 없는 길로 사라지고 만다. 떠난 그녀와 함께 시인 역
시 되돌릴 수 없는 청춘의 시간이 갔음을 느끼지 않을 수
없다.

시인은 이 사라지는 시간을 붙잡기 위해 기억의 저 안

쪽에 남아 있는 사물들의 이름을 다시 불러낸다. 그것으로 시간의 어김없는 흐름에 저항하고 사라져가는 사물들에 생명을 불어넣으려고 애쓴다.

목덜미 구부정한 바다가 피우는 담배 연기 방앗간
어머니의 냄새가 난다 드문드문 감꽃 떨어지던 담장
아래 샘물 솟던 골목 뒷마당 투박한 가마솥 꽁보리밥
끓는 소리 해변 자갈 끓는 철제 다리 생고무 모자 서
서히 일어서는 시간 동이 감나무 뿌리 짓밟혀 군데군
데 찢어진 검은 비닐 펄럭이는 지붕 간이 시멘트 바닥
맨발이 주문 외우는 곳 한여름 고드름 매달린 한기 하
루에도 몇 번씩 단오절 그네 뛰는 기와집 담장 넘는
파란 저고리 새빨간 갑사 치마 같은 파도 해삼 멍게는
온몸으로 등목하고 대소쿠리 반반 앉아 버선 한쪽 벗
겨져 여태 집 돌아가지 못한 집시와 밀거래 한다 뿔소
라 초승달도 피해 가는 길 마른 전대 민화 속 바위틈
이름 없는 풀꽃 같은 촌

― 「영도다리 해녀촌」 전문

이 시에 등장하는 모든 사물들은 이제는 우리의 생활에서 보기 드문 것들이다. 영도다리 해녀촌에 살고 있는 나이 든 해녀들처럼 사라질 운명을 가진 것들이다. 하지만 시인은 그것들을 다시 불러내고 호명하여 그들의 존재를 다시 확인한다. 그리하여 그것들이 아직 사라지거

나 부재하지 않고 있다는 것을 증명한다. 시인은 이 시에 등장하는 모든 사물들과 그들의 이름이 사라지게 될 것을 염려한다. 그래서 그 이름을 불러 다시 기록한다. 시인이 떠올리며 랩 가사처럼 나열하는 이 사물들의 이름이 시가 될 수 있는 이유는 바로 이 때문이다.

그곳에는

도둑맞은 손틀소리
적벽가 울음소리
구들장 무너지게
한숨짓던 외증조모 닮은
작은 목단 사는

그곳에는

문짝 떨어진 시렁 벽
납작한 옷 보따리 숨겨두고

면장 집
말라가는 무시래기 널려있던 담장
보리쌀 안치는 새벽까지
끝내 넘지 못한

그곳에는

냇가 널찍한 바위
온종일 하얀 서답 말리던
굽은 허리

외증조모 신문지 말아 피우시던
잎담배 연기 같은 목단 꽃잎이
어린이집 지나다니는
그곳에는

- 「옥수역에는 목단꽃이 산다」 전문

  이 시를 읽으면 의문이 든다. 서울에 있는 옥수역에서 시인은 왜 오래전 어릴 때 고향 마을에서 본 사물들을 떠올리고 있을까? 서울에서도 비교적 오래된 마을이 주는 어떤 느낌이 이런 추억을 불러냈을 것이다. 아무리 급속하게 변해버린 서울이지만 그 한쪽 구석 어딘가에는 어린 시절의 추억을 떠올리는 오래된 것들의 존재 흔적이 남겨져 있음을 시인은 보여주고 있다. 그것을 확인해주는 스모킹건이 이 시에서는 "목단꽃"이 아닌가 한다. 그런 점에서 이 시집의 시들 모두는 이 목단꽃의 꽃잎이다. 시인은 언어를 통해 우리의 기억을 되살리고 그것을 통해 사라지는 모든 것들을 다시 불러내 그들이 가진 존재감을 확인한다. 사라지는 것들이 아직 기억되는 한 그

것들은 우리 모두의 가슴 속에 꽃으로 피어있다. 시는 바로 이 기억을 꽃으로 피워내는 마술의 언어이다. 김섶 시인의 이번 시집이 우리에게 그 마술을 보여주고 있다.

작가마을 시인선

01	유병근 시집	엔지세상 (최계락문학상)
02	이중기 시집	다시 격문을 쓴다
03	변종태 시집	안티를 위하여
04	정대영 시집	不二門
05	지운경 시집	결실
06	이한열 시집	누구나 한편의 영화를 품고 산다
07	김형효 시집	사막에서 사랑을
08	정춘근 시집	수류탄 고기잡이
09	이상개 시집	파도꽃잎 (세종우수도서)
10	정선영 시집	디오니소스를 만나다
11	전홍준 시집	나는 노새처럼 늙어간다
14	박병출 시집	(근간)
15	유병근 시집	까치똥
16	정춘근 시집	황해 (북한 사투리 시집)
17	유병근 시집	통영벅수
18	배재경 시집	그는 그 방에서 천년을 살았다
19	이원도 시집	장자와 동행
20	유병근 시집	어쩌면 한갓지다
21	오원량 시집	사마리아의 여인
23	김선희 시집	아홉 그루의 소나무
23	김시월 시집	햇살을 동냥하다
24	김석주 시집	함성
22	금명희 시집	어쩌면 그냥
26	류선희 시집	사유의 향기
27	김선희 시집	가문비나무 숲속으로 걸어갔을까
28	양왕용 시집	천사의 도시, 그리고 눈의 나라
29	신옥진 시집	혹시 시인이십니까
30	김석주 시집	뿌리 찾기
31	김명옥 시집	홀씨 하나가 세상을 치켜든다
32	정소슬 시집	걸레
33	이진해 시집	왼쪽의 감정
34	김정순 시집	불면은 적막보다 깊다 (부산시협상)